CW00531594

Je fais
ce que je veux !

© Éditions Nathan (Paris, France), 2006
Loi n° 49956 du 16 juillet 1949 sur les publications destinées à la jeunesse
ISBN 978-2-09-251291-3
N° éditeur : 10157561 - Dépôt légal : janvier 2009
Imprimé en France - n° L49025D

Je fais ce que je veux !

TEXTE DE DIDIER LÉVY

ILLUSTRÉ PAR ÉRIC MEURICE

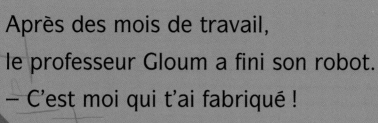

Après des mois de travail,
le professeur Gloum a fini son robot.
– C'est moi qui t'ai fabriqué !
dit le professeur Gloum avec fierté.
J'espère que tu es content du résultat.

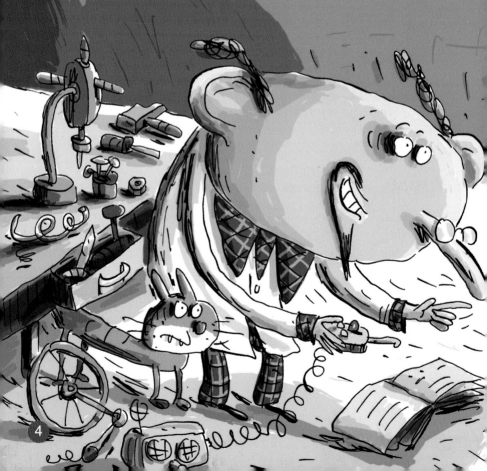

Le professeur crie :
– Pas touche !

Le robot demande :

C'est ma tête
ou ce n'est pas
ma tête ?

7

Un peu étonné par la question,
le professeur Gloum réfléchit
et répond :
– C'est ta tête.

Alors
si c'est ma tête,
je fais ce que
je veux avec !

Et le robot recommence
à dévisser son nez.

Non
mais !

Le professeur s'énerve et attrape
à son tour un tournevis.

– J'ai dû me tromper en fabriquant
ton cerveau, je vais le démonter
et le reconstruire.

Le robot se met à courir pour échapper au professeur.

– Reviens ici tout de suite, BZ 42 !

Comment m'as-tu appelé ?

– BZ 42 : c'est ton nom de code,
lui dit le professeur.

Mais c'est pas
un nom, ÇA !

– Tu voudrais
t'appeler comment ?

Le robot réfléchit
et soudain, son regard
se met à clignoter.

Bob ?
J'adore
« Bob » !

Quel rodéo !

La course-poursuite reprend

dans le laboratoire.

15

Mais soudain, le professeur Gloum
glisse, tombe...
et se tord la cheville !

– BZ 42, au secours, aide-moi
à me relever ! Tout seul, je ne peux pas.
   Le robot fait semblant de chercher
dans la pièce.

BZ 42 ?
Il n'y a pas
de BZ 42 ici !

Le professeur soupire :

– D'accord, BOB, aide-moi, s'il te plaît.

– « Bob », tu vois que tu arrives à le dire.

Le robot s'approche.

Comme le professeur ne répond pas,

le robot s'éloigne.

– D'accord, d'accord, je ne toucherai
pas à ton cerveau.

Bob installe le professeur
sur son canapé.

– J'étais si fier de toi, dit tristement
le professeur.

Bob enlève son nez en boîte
de conserve et se colle une ampoule
de couleur à la place.

Avec un nez rouge
qui s'allume,
c'est tout de suite
plus rigolo !

Devant le miroir, le robot continue sa métamorphose.

Je me colle de petits cheveux verts, un képi orange... et voilà !

Le professeur se met à sourire.

– C'est vrai que tu es plus beau maintenant.

– Et comme ça, je suis vraiment moi ! dit Bob.

– Moi aussi, je pourrais changer de tête !
dit soudain le professeur. Donne-moi
les ciseaux, Bob.

   Le professeur se coupe la barbiche.

– Et puis, cette blouse blanche, j'en ai
vraiment assez !

— Bonne idée, ça fait des mois
que je ne suis pas sorti d'ici.
  Le professeur
ouvre la porte
du laboratoire.

Et en savates !

– Ce n'est pas grave, il fait beau.
Et c'est plus confortable.

Bras dessus, bras dessous, le savant et le robot partent se promener.

– C'est quoi ton petit nom, prof ? demande le robot.

– Maximilien, mais j'ai toujours rêvé de m'appeler Popol.

Eh bien, bonjour, Popol !

– Bonjour... Bob ! répond en souriant le professeur Gloum.

Le texte à lire dans les bulles est conçu
pour l'apprenti-lecteur.
Il respecte les apprentissages du programme de CP :
le niveau TRÈS FACILE correspond
aux acquis de septembre à décembre
et le niveau FACILE à ceux de janvier à juin.

Cette histoire a été testée à deux voix
par Sophie Dubern, institutrice, et des enfants de CP.

Découvre d'autres histoires dans la collection

nathanpoche premières lectures

LECTURE TRÈS FACILE

J'adore le jus de rat !

de Christian Lamblin, illustré par Ronan Badel

Aujourd'hui, c'est le grand jour : Milo va devenir un **sorcier** puissant et surtout très **méchant**. Pour se donner des forces avant de passer les épreuves, Milo boit une potion très spéciale que sa grand-mère ne fabrique que pour lui : **le jus de rat** !

A… ami ?

de Didier Lévy, illustré par Céline Guyot

Lola prend son goûter dans la cuisine lorsqu'elle reçoit une **surprenante** visite. Un **perroquet** se pose sur sa fenêtre. Comment apprivoiser le petit oiseau apeuré ? Il aime peut-être le **chocolat** !

LECTURE FACILE

Je suis Puma Féroce !

de Laurence Gillot, illustré par Rémi Saillard

Au supermarché, Loulou se transforme en **sioux** : désormais, il faut l'appeler **Petit Ours** ! Pendant que sa mère, Fleur de Lotus, continue les courses, le petit Indien va vivre de grandes **aventures**…

Bas les pattes, pirate !

de Mymi Doinet, illustré par Mathieu Sapin

La princesse Zoé passe ses **vacances** sur le bateau de son père, le roi Igor. Elle commence tout juste à **s'amuser** avec le matelot Léo, lorsqu'une menace s'abat sur le navire : des **pirates** !

HUMOUR

Le vampire qui avait mal aux dents
de Ann Rocard, illustré par Claude et Denise Millet

Pikadir le **vampire** a si **mal** aux dents qu'il ne peut plus boire de sang. Franchement, pour un vampire, il y a de quoi **rire** ! Pikadir survole la ville à la recherche d'un **dentiste**…

Attention, chien PAS méchant !
de François David, illustré par Béatrice Rodríguez

Sans Peur c'est le nom de notre nouveau chien. Il est super sauf qu'il **n'aboie jamais** et qu'il **a peur de tout** ! Pour un **chien de garde**, c'est ennuyeux… Mais pour rien au monde, on n'en changerait !

fantastique

Quel bazar, Léonard !
de René Gouichoux, illustré par Pronto

La mère de Léonard en a assez du **désordre** qui règne dans la chambre de son fils. Léonard doit **ranger**. Mais devant l'ampleur de la tâche, il est **découragé**. Soudain, on frappe à sa fenêtre…

Chipie-Cata et la sorcière
de Jean-Loup Craipeau, illustré par Yves Calarnou

Chipie-Cata adore **patauger** dans les flaques et déteste **obéir** à ses parents. Sa maman se met en colère. Chipie-Cata **s'enfuit**. Mais attention à Spouitchi, l'horrible **sorcière** du marais…